EIN BUCH FÜR DIE STADT

JOVAN NIKOLIĆ

WEISSER RABE, SCHWARZES LAMM

Aus dem Serbokroatischen von Bärbel Schulte

Drava Verlag

Sonderausgabe im Rahmen der Aktion *Ein Buch für die Stadt*, deren Initiatoren das Literaturhaus Köln und die Tageszeitung Kölner Stadtanzeiger sind.

Titel der Originalausgabe: *Oči pokojnog jagnjeta*, Niš 1993

KLAGENFURT – WIEN · CELOVEC – DUNAJ
9020 Klagenfurt/Celovec · Tarviser Straße 16
www.drava.at

Satz und Druck: Drava, Klagenfurt/Celovec
www.drava.at

ISBN 978-3-85435-663-9

VORWORT

»Ich überlasse dem Leser das Weiß zwischen zwei Geschichten«, schreibt Jovan Nikolić am Ende dieses Buches, das 1993 in Serbien erschien, als das postkommunistische nationalistische Geschrei bereits in die Jugoslawien-Kriege und den Zerfall von Titos Staat geführt hatte. Nikolić meint mit diesem weißen Raum jene Zeitspanne des Umblätterns, in der Bilder aufleben können, »die zwischen den Buchdeckeln keinen Platz gefunden haben«. Eine Geste, die von einem erstaunlichen Vertrauen zeugt. Und von Freiheit. In der deutschsprachigen Literatur begegnet man ihr seit den 1970er Jahren nur noch selten. Hat dieser weiße Raum zwischen den Geschichten auch etwas mit Nikolićs Lebenserfahrungen zu tun, für die der Buchtitel *Weißer Rabe, schwarzes Lamm* steht?

Jovan Nikolić wurde 1955 in Serbien geboren. Seine Eltern, ein Rom und eine Serbin, waren Musiker. Mit ihren beiden Kindern zogen sie durch Jugoslawien und die Nachbarländer, um mit Saxophon und Gesang Geld zu verdienen. So verbrachte Nikolić die ersten zwölf Jahre seines Lebens in Hotels. Wie einen Rucksack trage er diese Zeit bis heute mit sich. Die eigentliche Kindheit habe für ihn danach begonnen, als sich die Familie in der Zigeunersiedlung der westserbischen Kleinstadt Čačak niederließ. Von diesen beiden Kindheiten, von Vater und Mutter, den Großeltern, der Schwester, den Anverwandten und ganzen Kinderhorden, erzählt die mal scharf geschliffene, mal träumerische Kurzprosa in *Weißer Rabe, schwarzes Lamm*. Selbst die komischen Momentaufnahmen grundiert dabei ein Ton der Traurigkeit, eine Stimmung diffuser Angst. Eine Angst, wie sie Kinder verspüren, die zwar die Zusammenhänge einer Situation nicht voll begreifen, aber ein feines Sensorium haben für Bedrohung und Boshaftigkeit.

Von solchen Situationen erlebte Nikolić als kleiner Junge viele. Von außen, fast schlafwandelnd, aber eben auch mit schlafwandlerischer Sicherheit in Sprache und Bildlichkeit, schaut er sich zu und schaut zurück auf das Kind, das er war. Vom Grund seines Bewusstseins holt er die Augenblicke als Bilder ans Licht und übergibt sie dem Leser. Der findet sich in ihnen wieder, und dass er dies tun kann, ist Nikolićs große Kunst. Denn seine Erfahrungen sind eigentlich sehr spezifisch.

Der »weiße Rabe« ist in den Sprachen der Balkan-Völker ein Bild für jemanden, der nicht dazu gehört. Ein weißer Rabe fällt auf und fällt aus der Gruppe heraus. Wie ein kleiner Junge, dessen Eltern als Musiker durch die Lande ziehen. »Fußball« heißt der Prosatext, in dem die Zigeuner-Jungen

»Typhuskranke« gerufen werden, weil sie mangels ausreichender und gesunder Ernährung kleiner und dünner sind als die anderen Kinder. Beim Fußballspiel dürfen sie allenfalls im Tor stehen, werden sogar häufiger dazu verdonnert, die Torpfosten zu markieren, und Prügel beziehen sie am Ende von allen Seiten. Die Bösartigkeit solch kindlicher Handlungen und die bleibenden Verletzungen bei den Opfern spiegeln sich in der Sprache, die Nikolićs Übersetzerin Bärbel Schulte für den serbischen Ausgangstext findet. Dabei erhält sie auch im Deutschen die Anklänge mündlicher Erzähltraditionen, die Nikolić seinen Texten einschreibt, um sich und uns Erinnerungen und Träume zu vergegenwärtigen. Knapp sind ihre Sätze, konkret und schnörkellos übersetzt sie Nikolićs Bilder: die Träne im Augenwinkel des toten Vaters, ein kopfloses Huhn in einer Federwolke oder der betrunkene, lärmende Großvater, der im Delirium die Befehle deutscher Soldaten lallt.

Nun könnte dieser Junge sich aber ja der eigenen »Community«, wie es heutzutage heißt, zugehörig fühlen. In der Zigeuner-Siedlung und der eigenen Familie aber gilt Nikolić als schwarzes Lamm. Denn er liest. Und er hat Phantasie. »Geh mit ihm zum Doktor, solange noch Zeit ist, damit er gar nicht erst ins Phantasieren gerät«, empfehlen die mit mächtigen Schnurrbärten ausgestatteten Großonkel seiner Großmutter. Viel zu weich ist er, wenn er am Fluss sitzt, mit einem Nagel als Köder angelt und an das Unmögliche glaubt: »stark und unschuldig, ja fast blind.« Oder wenn er mit der Familie durch die Nacht fährt und ihm Folgendes durch den Kopf geht: »Auf entfernten Hügeln zwinkern die Fenster wie Sterne. Ich frage mich, ob sich die Häuser fürchten in der Nacht, ob die einsamen Dörfer weinen?« Die Dinge sind belebt in der Vorstellung dieses Kindes. Die Häuser, der tanzende Stock des Großvaters, alles verwandelt sich in Erzählbares, in Poetisches, selbst die prosaische Arbeit eines Schmieds: »Das Feuer macht den Stahl trunken. In einem Faß Wasser wird er nüchtern. Es zischt und brodelt, Dampf steigt auf.«

In der Literatur gehe es um die grundlegenden Fragen der Menschen, schreibt Nikolić in seinem ersten, auf Deutsch erschienen Buch *Zimmer mit Rad*. Weil er mit *Schwarzer Rabe, weißes Lamm* eine Sprache für diese Fragen findet, ist sein Prosaband das »Buch für die Stadt« 2011 geworden. Die Literatur-Initiative des Kölner Stadt-Anzeigers und des Literaturhauses Köln geht mit Jovan Nikolić bereits in die neunte Runde: Seit 2003 wird in jedem Herbst eine Woche lang ein herausragendes literarisches Werk in den Mittelpunkt der Aufmerksamkeit in Köln und Region gestellt. Rund einhundert Veranstaltungen werden dem »Buch für die Stadt« zwischen Eifel und Bergischem Land, Frechen und Leverkusen gewidmet und alle Literatur-Interessierten sind eingeladen, sich mit Lesungen, Diskussionen oder auch speziellen thematischen Angeboten zu beteiligen. Ziel der Initiative ist die Steigerung der Leselust und das gemeinsame Lese-Erlebnis.

Über das Lesen und das Nicht-Lesen hat auch Nikolić viel nachgedacht und geschrieben. In *Schwarzer Rabe, weißes Lamm* zitiert er die analphabetische Großmutter: »Wem immer ich in die Augen sehe, er ist für mich wie ein gelesenes Buch. Und nun sag du, wer der Analphabet ist.« Und weiter: »Wir schreiben keine Bücher. Bei uns werden die alten Geschichten von Generation zu Generation weitergegeben. Darum tragen wir zerrissene Hosen.« Es sind andere Traditionen der Überlieferung, andere Formen des Erzählens, eine andere Bilderwelt, Musikalität und Sensibilität, die Nikolić aus der Kindheit kennt. Trotzdem zog ihn das schriftliche Wort an und wurde immer wieder ein Halt. Zuletzt, als er 1999 nach Deutschland emigrierte und wieder Fremder, wieder der Einsamkeit ausgeliefert war.

Dabei hat Jovan Nikolić der Großmutter damals gut zugehört. Denn er ist ein Autor geworden, der beides, das lesende Sehen der Großmutter und das eigene verbotene Phantasieren seinem Schreiben als zwei Pole eingelagert hat. Es ist ja der beobachtete AUGENblick, von dem aus seine Geschichten sich in den Raum der Phantasie öffnen. Auch den Zweifel an der Möglichkeit von Kommunikation, der in der Frage der Großmutter – »Hörst du mir überhaupt zu?« – mitschwingt, hat er aufgenommen. Der weiße Raum, den er zwischen den Geschichten lässt und so vertrauensvoll und frei dem Leser überlässt, ist der Raum seines Schweigens. Er entsteht in der Schriftlichkeit, auf dem Fundament von Sprachlosigkeit und verletzenden Fremdheitserfahrungen. Indem Nikolić uns Leserinnen und Lesern diesen Raum schenkt, fordert er uns auch auf, für den Moment der Lektüre ebenfalls weißer Rabe und schwarzes Lamm zu sein und uns aus der Horde unserer schwarzen bzw. weißen Genossen zu lösen, um am Ende mehr zu sehen.

Martin Oehlen
Kölner Stadt-Anzeiger

Insa Wilke
Literaturhaus Köln

Weißer Rabe, schwarzes Lamm

DER SPIEGEL

Ein kleiner Junge spaziert mit seinem Vater durch die Stadt. Er hört, wie jemand in ihrem Rücken ihnen ein Wort nachwirft: *Zigeuner.* Er versteht das Wort nicht, spürt aber, wie in ihm, vom Feuer der väterlichen Hand, die ihn hält, etwas zu brennen beginnt. Er ahnt, dass dieses Wort, voll einer unbekannten Gefahr, einen verhängnisvollen Einfluss nehmen wird auf sein künftiges Leben; dass es, den Kiefer voll niederträchtiger Konsonanten, nach ihm schnappen und sein Herz mit den scharfen Zähnen des Spotts und der Verachtung heimsuchen wird.

Seither bleibt er immer ein wenig länger vor dem Spiegel stehen, er wartet, dass dort, im Abbild seiner Gestalt, die Bedeutung dieses Worts aufscheint und sich ihm entdeckt. Zugleich verspürt er die große Angst, er werde dort etwas Verhängnisvolles und Schmerzliches sehen, das die Seele für alle Zeit davontragen könne, so dass er nicht mehr sicher sein kann, auf welcher Seite des Spiegels er selbst und auf welcher jener dort steht, der ihn mit den eigenen Augen ansieht und den Fehler sucht.

DAS KÄTZCHEN

Wir sind in Derventa. Ich bin vier Jahre alt.

In der vierten Etage des Hotels stoße ich am Ende des Flurs auf ein am Boden kauerndes Kätzchen. Ich nähere mich ihm zögernd und bedächtig. Behutsam und voll Mitgefühl umfasse ich seinen kleinen Magen. Lege es zärtlich an meine Brust. Sein Herz schlägt schneller. Ich trage das sich sträubende Knäuel Leben und weiß nicht, wohin damit. Ich halte es aus dem geöffneten Fenster. Es wehrt sich, hält sich mit seinen Krallen an meinen Armen fest. Erschreckt schüttle ich es ab und sehe ihm nach in die Tiefe. Sein Flug gefällt mir. Das Körperchen erreicht den Boden und bleibt liegen, gegrätscht, unbeweglich.

Die Kinder im Hof laufen hinzu, schreien etwas hinauf, heben die Hände gegen das Fenster, hinter dem mein Kopf zu sehen ist.

Ich verstecke mich, laufe in unser Zimmer und halte mir mit den Händen die Ohren zu, aus Angst vor dem, was ich hören könnte.

Nur Aca Matamuta und ich standen im Tor.

Wir beide, er und ich, waren die Kleinsten und die Ärmsten in der Klasse.

Wenn du arm bist, wächst du nicht, du ernährst dich dürftig und bekommst keine Vitamine.

Aus dem Grund stellten sie uns ins Tor.

Los, sagen sie, ihr Typhuskandidaten sollt die Bälle halten, dann können ihn die unsrigen leichter hineinschieben.

*

Manchmal, wenn wir gerade keinen Stein in der Hosentasche hatten, mussten wir Pfosten mimen!

Dann stehst du an einem Fleck, mein Lieber, hüpfst von einem Bein aufs andere, und wenn der Ball deinen Kürbis trifft, darfst du keinen Ton von dir geben, dabei suchst du mit den Augen den, der dich ein wenig lobt, na und?

Und alles kam daher, weil Aca und ich die Kleinsten waren und die Ärmsten. Das gehört wohl zusammen. Wuchs und Lumpen lassen sich nicht verstecken.

*

Die andern, die Vitamine hatten, diese Vitamin-Hengste, das waren die Torjäger, du aber musstest ihnen den Ball zurechtlegen ...

Wie du es auch drehst – Prügel!

Wenn du verteidigst, zielen dir die Vitamin-Jäger auf den Kopf.

Wenn du aber ein Tor einfängst, dann verprügeln dich deine Verteidiger, der Kapitän und die Flügel ...

Nach dem Spiel verdrischt dich in jedem Fall der, der verloren hat. Und wenn du dann nach Hause kommst, verhauen dich alle, Vater, Mutter, die ganze Familie und natürlich irgendwelche Gäste, damit sie nicht bis in alle Ewigkeit nur so herumsitzen ...

KENTAUR

Man sagt, dass vor langer Zeit irgendwo in Griechenland ein merkwürdiges Tier gelebt hat. Die Menschen nannten es Kentaur. Halb Mensch, halb Tier.

Wie schön, als Kentaur geboren zu sein! Ein ganzes Leben ohne abzusteigen.

Du schläfst im Reiten.

Wird schon so sein, dass auch wir Zigeuner von diesem Kentaur abstammen – wo wir doch die Pferde so lieben!

Wenn ein Zigeuner ein Pferd stiehlt – ist er kein Dieb.

Er sehnt sich nur nach der Hälfte, die ihm sonst fehlt!

VOGEL IM KÄFIG

Ich habe mich in Milica verliebt.

Ihrem Vater rutscht leicht die Hand aus. Er riecht nach Holzkohle und angebranntem Horn.

Sie ist schön wie die Puppe von meiner Tante. Ich werde der Puppe ihren Namen geben.

Treffe ich sie in unserer Gasse, frage ich nichts, sie aber sagt: »Will ich nicht!«

Das gefällt mir am besten an ihr. Und die Augen.

Wenn ich doch Milicas Augen einfangen könnte.

Ich würde sie in einen kleinen Spiegel sperren, wie einen Vogel in einen Käfig.

Und wann immer ich sie sehen will, stell ich mich hin und spiegele mich ...

Am Georgstag hat sie der Vater zu uns gebracht. Als sie gegangen sind, habe ich geschnüffelt, wo sie gesessen hat.

*

Milica wird um Mitternacht geweckt und gebadet. Damit niemand sie sieht.

Ihre Mutter stellt ein Katzengerippe ins Fenster.

Wer sie sieht, den soll die Hexe holen und ihm die Seele nehmen.

Wenn sie Milica kämmen, knistert ihr Haar, es wird elektrisch, das Zigeunerdorf leuchtet, als ginge die Sonne auf. Die Kettenhunde ziehen den Schwanz ein und flüstern.

Wer sie ansieht, wird auf beiden Augen blind.

UNIFORMEN

Großvater mag die Nachbarschaft nicht.

Schnorrer! Gib gemahlene Paprika, gib eine Tasse Reis ... Großvater ist ein Herr, er mag ihr Gerede und ihre Ausflüchte nicht.

Sobald jedoch eine uniformierte Person im Hof auftaucht, ganz egal, ob es ein Polizist ist oder ein Offizier, du wirst ihn nicht wiedererkennen. Er stellt sich unschuldig, macht sich ganz klein, faltet sich zusammen, verbeugt sich bis zum Fußboden ...

Er, der hundert Mann verhauen kann, der sich weder vor dem Dunkel noch vor den Wolken fürchtet, er verneigt sich, entschuldigt sich, lüftet den Hut ...

Dem Popen und dem Arzt küsst er höflich die Hand. Danke schön, danke schön ...

Sogar dem Briefträger gibt er, nur weil er eine Uniform trägt, ein Trinkgeld – selbst dann, wenn dieser ihm eine Gerichtsvorladung aushändigt.

Ich verstehe das nicht.

Wieso gerade ihm, an den nicht einmal der verflohte Jacky ein Bellen verschwendet?

Gebt alle fünf Dinar, dann zeig' ich euch was.

Sich seiner Bedeutung als Gralshüter bewusst, führt uns Dragan Trćo in Jezdas Schmiede. Eintritt erhält nur, wer bezahlt hat.

Trćo öffnet eine altertümliche Truhe. Wir stehen stumm vor Staunen.

Berge von Flitter. Ein Fest für die Augen. Wir finden keine Namen für all die unbekannten Dinge.

Das da ist ein Alternator, eine Spule, ein Verteiler, ein Kondensator ... ein Radiolämpchen, ein Kupferdraht, ein Kugellager, eine Antenne, eine Pistolentasche, verschiedenfarbige Knöpfe, Gitarrensaiten, ein Sechskant-Schraubenschlüssel, ein Pinguin aus Porzellan, ein Schwarzer aus Gummi ohne Beine ... ein Leuchter, Gewichte für eine Waage, ein Abatjour ohne Lampe, leere Parfümfläschchen, die Hälfte einer Schere ...

Darf ich das anfassen?

Nur, wenn ich es in der Hand habe.

Bedrückt machen wir uns auf den Nachhauseweg.

Lange kann ich nicht einschlafen. Ich verschränke die Arme hinter dem Kopf und starre die Zimmerdecke an.

Alles vorbei.

Solch einen Reichtum werde ich nie und nimmer mehr erlangen.

Ich bin niemand und nichts.

DIE VERRÜCKTE FRAU

Wir fahren durch die Nacht nach Užice. Ich sitze am Fenster. Ich mag das, zusehen, wie uns die Landschaft entgegeneilt und dabei den Mond hinter den Baumkronen begleitet. Auf entfernten Hügeln zwinkern Fenster wie Sterne. Ich frage mich, ob sich die Häuser fürchten in der Nacht, ob die einsamen Dörfer weinen?

Wir sind da. Der Vater weckt mich. Wir laufen lange, steile Straßen bergan. Vater schleppt mit der einen Hand den Lederkoffer, mit der anderen mich. Wir steigen über die Holztreppe auf die erleuchtete Veranda. Ein Gesicht lugt durch die Vorhänge, Stimmen erklingen.

»Seine Frau ist ein bisschen meschugge, achtet nicht drauf«, gelingt es dem Vater noch zu sagen.

Sie bringen Melonenkompott und ein Glas Wasser für jeden.

Die Erwachsenen halten sich in der Küche auf. Die dicke Hausfrau bringt mich zu Bett. Ich verkrieche mich unter die riesige Steppdecke. Die Kälte und die Steife des gestärkten Leinens tun mir wohl. Das Zimmer riecht nach altem Plunder. Während sie mich gut zudeckt, tadelt die Hausfrau, dass ein so kleines Kind nachts unterwegs sei. Das gehöre sich nicht, es sei gefährlich, es gibt Feen und Hexen. Sie zeigen sich an den Wegekreuzungen ...

Mit einem Gute-Nacht küsst sie mich auf die Nase, sie stinkt nach Schnaps. Ich sinke in einen Abgrund von Kissen. Ich höre, wie sie mir etwas zuflüstert ...

Jene einsamen Dörfer, sie weinen.

EIFERSUCHT

Den Vater befiel aus heiterem Himmel die Eifersucht.

Er verübelte der Mutter, dass sie sich schminke, Puder auftrage und helle Kleider anziehe. Er vermutete, sie habe einen Freund!

Sie stritten. Meine Schwester und ich verdrückten uns in eine Zimmerecke. Mir schien, als hätte der Vater die Hand gegen sie erhoben. Ich warf mich zwischen sie, begann beide mit meinen Fäusten zu bearbeiten. Dann griff ich blindlings nach der Slava-Kerze und schmetterte sie zu Boden. Die Kerze brach entzwei. Sie zerbrach genau an der Stelle, auf die ein Bildchen mit dem heiligen Georg geklebt war, der den Drachen durchsticht!

»Aaauuu, bei der blutroten Sonne«, der Vater schlug sich mit der Faust gegen die Stirn.

»Das verspricht nichts Gutes, wir werden ein ganzes Jahr lang von Pech und Unglück verfolgt sein.«

Der gute Gott hatte mich verstanden.

Ich wusste, dass er es mir nicht verübeln würde.

Der Großvater gestikuliert. Lärmt in deutscher Sprache.

Chalo! Kamarat ... Biite scheen ...

Die Großmutter entzieht ihm die Achtel-Liter-Flasche vor seiner Nase. Schluss mit dem Alkohol!

Er hebt die Hand, krümmt den Zeigefinger in der Luft. Tut so, als schieße er auf sie:

Fiederseen schnaps! Chaaalt Zigoiner ... chaaalt Komunist!

Er schäumt, droht, flucht.

Die Großmutter umfasst ihn vom Rücken her und schleppt ihn zum Bett.

Sie zieht ihm die Schuhe aus, wälzt ihn auf die Veranda und deckt ihn mit dem Mantel zu.

Weck, weck! Schnelll ... schnelll ...

Bevor Großvater zu schnarchen beginnt, windet er sich noch ein bisschen: Wütend bellt er. *Matz, fritz ... acht, siben ... nicht ...*

*

»Er darf nicht mehr trinken«, sagt Trakalo.

»Der Rakija öffnet ihn und der Čohano schlüpft hinein. Tiere, Vögel und böse Augen. Und Švabovi, die Schwaben, die man beim Bunker erschossen hat.«

Sie stellen mit ihm an, was sie in jener Welt nicht können.

Während des Krieges war der Vater Kriegsgefangener in Deutschland. In einem Arbeitslager. Von damals ist ihm die Gewohnheit geblieben, trockenes Brot zu essen. Er mag es gern einstippen. Und er schleppt immer mehr Lebensmittel nach Hause als notwendig.

Macht nichts, und wenn schon! Damit was da ist. Man weiß nie …

Eines Tages, als er mit seinem Fahrrad vom Markt zurückkehrte, hatte er sechs zusammengebundene Hühner an die Lenkstange gehängt. Nackthalsige. Jeweils drei an eine Seite des Lenkers. Er trat in die Pedale, die Aufschläge an seinen Hosen hatte er mit Wäscheklammern befestigt. Zufrieden pfiff er vor sich hin.

Die Hühner hingen einen Teil der Fahrt kopfüber nach unten, bis ihnen das Blut in die Köpfe sickerte. Da begannen sie fieberhaft mit den Flügeln zu schlagen und aufzufliegen.

Und so reitet der Vater die Kneza Miloša entlang auf seinem Fahrrad, dass die Federn fliegen, gezogen von einem Bukett aus Flügeln. Es sieht aus, als würde er jeden Augenblick aufsteigen und über den Häusern der Zigeuner fliegen, irgendwo fern über allen Ängsten, jedem Ungemach und dem Hunger davon ...

SAXOPHON

Der Klang von Vaters Saxophon verbreitete um sich herum eine wundersam samtene Erhabenheit und Trauer. Einem Katzenjammer ähnlich, der die Augen schließt. Schläfrigkeit in der Dämmerung. Schokoladenfarbenes, verhaltenes Aufblitzen. Festlichkeit; wie beim Erscheinen des schwarzen Lamms am Himmel oder des funkelnden Fiakers, den ein atlasbedeckter Rappe zieht, die Hufe mit Wolle umwickelt …

Der Vater bemächtigt sich seines silbernen Schwans. Er liebkost das Gefieder seiner Klappen, küsst seinen schwarzen Schnabel. Leiht ihm seinen Atem. Mit heiserem Flüstern gießt er Sanftmut in unsere Seelen.

Großmutters Sippschaft aus Arilje ist angereist. Großvater stemmt die Arme in die Seiten. Holt sich das gerade erst mit vier Knoten versehene Taschentuch vom Kopf. Zieht sich den Scheitel nach. Setzt den Hut auf und verlässt den Hof.

Diese Primitivlinge gucke ich mir erst gar nicht an.

Schnurrbärtige Männer küssen mich. Ach, das sind keine Schnurrbärte! Sie tragen eine ganze Lämmerherde unter der Nase! Und stinken nach Schnaps und angebranntem Paprikasch.

Sie wundern sich, dass ich sie nicht wiedererkenne. Wie groß du geworden bist ... sooo klein warst du, als ich dich auf meinem Schoß hielt ... erinnerst du dich noch?

Nein, ich kann mich nicht erinnern.

In welche Klasse gehst du ... Wen magst du lieber ... Wie viel sind zwei Omas und zwei Lamas?

Ich reiße mich los und verschwinde im Haus.

Was treibt denn unser Kleiner von Dragiša, fragen sie die Großmutter.

Hör mir auf, liebste Schwester, er schließt sich in seinem Zimmer ein und liest irgendwelche Bücher.

Ach herrjeh, nicht zu glauben, die Frauen schlugen sich auf die Brust.

Potz Blitz, mal nicht den Teufel an die Wand!

Von so einem Mannskerl ein solches Kind ... Wem schlägt er eigentlich nach?

Geht mit ihm zum Doktor, solange noch Zeit ist, damit er gar nicht erst ins Phantasieren gerät ...

SPUK

Vater und Mutter sind weggefahren. Ich schlafe bei Großvater. Mitten in der Nacht wache ich auf und sehe Großvaters Stock, wie er mitten im Zimmer herumtanzt. Er streckt diesen Knochen in den Mondschein. Hüpft auf mein Bett zu, als störe ihn, dass ich ihm zuschaue, und beugt sich dann mit seinem schiefen Hals fragend über mich.

Ich beginne mit dünner Stimme um Hilfe zu rufen.

»Großmutter! Großmutter! Čohano! Der Stock will mich fressen.«

Da springt Großmutter auf und rüttelt Großvater, damit er sich auf die andere Seite legt und sein betrunkener Mund nicht ihren Enkel anbläst, so dass ihn Angst packt und Verwirrung.

Am Morgen zündet sie umgedrehte Kerzen an und gießt mir einen Topf Wasser über den Kopf.

»Weiche von mir, mein Haar bis an die Knie!«

Mit weit aufgerissenen Augen breitet sie die Arme wie ein Adler aus, Großmutter zaubert.

»Geh, Čuma, geh in den Wald, geh ins Wasser!

Dort hol der Teufel deinen Kopf!«

*

Ich spitze durchs Schlüsselloch und erblicke Großmutter. Sie hockt über einer Waschschüssel.

Mit einer Hand voll Wasser bespritzt sie ein riesiges, strubbeliges Tier zwischen ihren Beinen. Ich bin zu Tode erschrocken!

Von dem Tier sieht man nur den Mund. Dunkelrot.

Als habe es sich geschminkt. Und er schmatzt!

Großmutter seift es ein; das Tier, Schaum vor dem Maul, gebärdet sich wie ein tollwütiger Hund.

Gott behüte und verstecke mich!

Ich wusste nicht, dass meine Großmutter so krank war.

Abends vor dem Einschlafen sage ich Vater, dass Großmutter eine Hexe ist!

»Woher weißt du das?«

»Ich hab's mit eigenen Augen gesehen ...«

*

»Jede Frau muss ein Tier zwischen den Beinen haben.«

»Du lügst!« Ich springe Muta an. »Die Puppe von meiner Tante hat so was nicht.«

»Pass nur auf, was du mit dieser Puppe machst. Sie kann nämlich sprechen. Wenn sie dich bei der Tante verpetzt, kannst du was erleben!«

»Die Puppe ist aus dem Ausland ... Tante kann Ausländisch ...«

»Ich sag's dir nur. Es gibt keinen Menschen, der nicht zwischen den Beinen einer Frau geboren ist.«

»Du lügst!« Ich balle meine Fäuste.

»Mich hat die Mutter unter der Achsel geboren. Da gibt es genauso etwas …«

ITALIEN

Sonntags fahren die Zigeunerinnen nach Italien. Nach Triest. Von da bringen sie hübsche und kostbare Dinge mit. Wäsche, Haarspray, Lippenstifte, Kaffee, Pomaden, Ohrringe und große Wandteppiche. Ich erinnere mich an Schlitten und sich aufbäumende, schäumende Pferde, von einem Rudel Wölfe gejagt.

Die Tante hat eine Gondel gekauft, aus Plastik. Stromgetrieben.

Vielfarbige Lämpchen glühen im Dunkeln.

»Gebt euch nicht mit diesem geschmuggelten Krempel ab«, tröstet uns Großvater, »wir sind ein herrschaftliches Haus, ein Haus mit Musik!«

Die Tante hat auch eine Puppe gekauft. Eine stattliche, schwarzhaarige, großäugige. Sie kann Mama sagen! Sie guckt irgendwie scheeläugig, hat grüne Augen, einen kleinen Mund und eine Nase. Hübsch wie eine Puppe. Ich konnte kaum erwarten, dass wir zur Tante gingen, um sie zu sehen – und mich zu schämen. Als ich allein blieb mit ihr, streichelte ich, dass mich keiner dabei erwischte, vorsichtig ihre glatten Beine und hob ihr Spitzenkleidchen an. Die Puppe, auf das Ehebett gepflanzt, mit gegrätschten Beinen und ausgebreiteten Armen, den Kopf zur Seite gedreht, wunderte sich.

Nun wusste ich, dass die Puppe jenes Tier nicht zwischen den Beinen hatte.

Es war ein freudiger Tag für mich …

DIE SCHMIEDE

Verankert auf den Schultern des Eschenklotzes liegt die Ruhe des Ambosses. Neben der ummauerten Feuerstelle ein Berg Koks. Eine lange Stange, die mit einer Kette an einem Balken befestigt ist, weitet den riesigen Blasebalg, der wie ein Kontrabass aussieht. Auf dem Boden von gestampfter Erde: ein Sack Widderhörner, ein Kamm für die Wolle, Zähne, Klampfen, Eisenbeschläge, eine Sense, Scharniere, Bolzen, ein Fußeisen, eine Mammutzange und ein Schleifstein …

Jezdo der Schmied holt weit aus mit seinen Schlägen. Der Amboss, von einer riesigen Ramme befruchtet, gebiert grell klingende Synkopen. Sein Gehilfe erwidert mit einem kleineren Hammer. Wenn beide ihre Schläge in Einklang gebracht haben, einmal Metall, zweimal ins Leere, lullt der Glockenklang des Metalls die Kinder in der Wiege ein.

Der hervorgebrachte innere Rhythmus ist das Geheimnis des Schmiedehandwerks. Der Schlag des Hammers und der Schlag des Herzens, beider kalte Stirn schlägt die glühende Eisenstange, biegt sie und überredet sie zu einer neuen Form.

Das Feuer macht den Stahl trunken. In einem Fass Wasser wird er nüchtern. Es zischt und brodelt, Dampf steigt auf.

Mit jedem neuen Schlag verändert das Geschmiedete seine Form.

Der Schmied den Gesichtsausdruck.

ALLERSEELEN

Am Samstag erscheint Großmutter beladen mit zwei Flechtkörben. Allerseelen, der Tag des hl. Märtyrers Trifun und der des hl. Jovan Bogoslov; Tage, an denen sich die Wohnstatt der Lebenden zu der Wohnstatt der Toten begibt. Speisen für den Frieden der Seele werden auf den Friedhof gebracht, das Totenmahl wird auf den Gräbern angerichtet und Nahrung an die Armen verteilt.

Großmutter häuft Kuchen, Speck, Käse und gekochte Eier an, Topfenstrudel, Salami, weißes Fleisch und gefülltes Kraut. Doch die Schwester und mich interessieren die süßen Sachen: Baklava, Schmalzkringel, Karottenschmankerl, Kipferl, Geleerouladen, Buchteln, eine Pita aus Quark, Dattelhäufchen, Kürbisgebäck und Reiskuchen.

Oh, das Wunderland in Großmutters Körben, über denen die Schwester und ich vor Freude kreischen. Wie Vögel tauchen wir in ihr Eingeweide, wühlen, ziehen heraus, was uns am besten schmeckt. Für mich wähle ich Vanillekekse und Feigenwürfel auf Oblate. Großmutter ist nicht darauf bedacht, Salziges von Süßem oder Saures von Scharfem zu trennen. Sie gibt alles hinein, was ihr gefällt, ohne eine Ordnung. So geschah es, dass unsere Zähne in eine Torte bissen, die mit Kajmak gefüllt war. Einer Geflügelkeule widerfuhr, dass sie mit Schlagsahne garniert, Nussstäbchen, dass sie mit dem Saft von sauer eingelegter Paprika übergossen wurden.

Bei all der Fülle, bei der Leidenschaft, mit der wir uns zu unseren Leckerbissen vorgruben, war das alles nicht so wichtig.

Und auch die Zunge vergaß, sobald sie auf Süßes stieß, augenblicklich den Betrug.

DIE NACHT, MILICA UND DER BAUM

Milica spaziert in den Hof. Ist sie es oder ist es ein Baum? Die Nacht fühlt sich beschämt von ihren Augen. Sie winkt mich heran. Ihre Hand ruft mich. Ich will auf sie zugehen, aber eine krankhafte Müdigkeit befällt mich, ich bewege mich so schwer, als würde ich in tiefem Wasser schreiten.

Sie kichert, springt wie ein Reh.

Riech hier, hier habe ich gestanden, und hier musst du riechen … hier … und hier …

Ich folge zögernd, krieche, winsle. Ihre Spuren riechen nach Harz, nach Hühnerfedern, nach feuchtem Lammfell. Sie bleibt stehen, lässt mich an sich herankommen. Voller Freude lecke ich ihre Hand. Wedle mit dem Schwanz. Milica!

Sie hebt mich an die Brust, sagt, hör auf mein Herz.

Ich höre den Rhythmus eines Hammers. Den Glockenklang des Metalls aus Jezdas Schmiede. Die scharfen Synkopen und das Seufzen der Blasebälge, die das Feuer entfachen. Milica zieht ihr Hemd aus, nimmt meine Hände und legt sie auf ihre Brüste. Ich bebe, schluchze leise – Mama …

TASCHENMESSER

Ich habe Vaters Taschenmesser geklaut.

Das Bakelitfutteral verspricht mir ein Abenteuer. Ich schneide Kerben in den Stamm unseres Pflaumenbaums. Seine Rinde ist weicher als ein Hühnerhals. Jeder Schnitt klafft wie eine Wunde – schmerzliche Grimasse eines Mundes, mit dem der Baum schweigt.

Sein Stamm erinnert an einen Menschen, der sich beugt, der sich im Fallen mit den Zweigen an den Kopf fasst, seine Krone an Haar, das sich vor Schreck aufstellt!

Vielleicht ist der Baum ja wirklich ein Mensch. Ein verzauberter …

Aus seinen Wunden tropft Harz. Dicke Tränen.

Der Pflaumenbaum gebiert. Er weint. Übersät mit blauen Flecken, die Augen geschlossen.

Ich umarme den Baum, weine still vor mich hin.

Ich entschuldige mich.

Bereue.

Am schlimmsten war es für mich, den Kuchen zur Kirche zu tragen.

Väterchen steckt mich in ein weißes Perlonhemd. Dann knöpft er mir den allerobersten Knopf zu, dass mir die Seele zum Hals raus kommt! Nicht mal die Spucke kann ich noch runterschlucken …

Darauf schüttet er mir ein halbes Kilo Wasser über den Kopf … und hält den vernickelten, österreichisch-ungarischen Kamm unter den Wasserstrahl der Pumpe.

Er verpasst mir einen Wasserscheitel.

Zerrt mir alles Haar von hinten, von den Ohren auf die Stirn. Dann teilt er es und zieht endlich, erst nach links, dann nach rechts, den Scheitel.

Sooo! Jetzt siehst du aus wie ein Mann …

In der Kirche spritzt mich der Pope mit einem Zweiglein Basilikum nass.

Er taucht es ins heilige Wasser, und dann pscht, pscht in meine Richtung …

Nun denke ich, lieber Gott, wie kommt es, dass ich heute nicht umgekommen bin bei so viel Wasser?!

GÄSTE

Kommen Gäste ins Haus, fühlt sich die Tante augenblicklich krank. Sie wickelt sich ein weißes Tuch um den Kopf und legt sich eine Gurkenscheibe auf die Stirn. Dann streckt sie sich auf der Couch aus und stöhnt, stöhnt und ächzt. »Aaaaaaa ...«

Die Gäste, kaum an der Tür, eilen ihr zu Hilfe und bedienen sie mit Kompott und Wasser. »Willst du ein AAAApurin oder ein AAAAspirin?« – »Macht die Fenster auf!« – »Wo stand er denn, der Rakija, damit wir deine Füße massieren?« – »Kein Tropfen mehr da, liebe Schwester. Nicht einmal für die Medizin. Sei so gut und kocht mir was Suppiges, ich fühl' mich so schwach. Und vielleicht noch einen kleinen Kaffee für den Blutdruck. Und wenn's dir nichts ausmacht, brat ein bisschen Fleisch an, aber so, dass es durch ist.« – »Und dazu ein bisschen Milchreis, ihr Zucker ist zu niedrig.« – »Leg mir eine Decke über, aber nur über den Magen.«

Wirft ihr dann jemand vor, dass sie auch das letzte Mal krank war, fasst sie sich an den Kopf. »Aaaaaa, lass mich in Frieden ... Der Herr möge dich vor solcher Krankheit verschonen ...«

Dann aber fängt das große Reinemachen an. Die Vorhänge werden abgenommen, die Fenster geputzt. Die große Wäsche muss nicht sein, nur die kleinen Sachen. Staub ist zu wischen, Kehricht hinauszutragen und das Plumeau über die Leine zu hängen, damit es die Sonne sieht ...

Die Tante aber liegt weiterhin da, verteilt mit halb geschlossenen Augen die Aufgaben.

»Und da in der Ecke noch, wisch nur ordentlich, der Dreck ist von hier aus zu sehen ...«

Ich hab' eine Zwei in Mathematik bekommen. Alle wundern sich. Sie sind an Fünfer gewöhnt. Mutter, sie spricht nicht mehr mit mir. Eine ganze Woche lang darf ich nicht mehr vom Hof.

Großvater leidet am meisten. Er holt sich den versteckten Flachmann aus der Dachrinne. Er trinkt mit Vorsicht. Niemand soll ihn sehen. Er hat einen Grund gefunden, sich zu betrinken.

He, Schnapsnase, da sieht er mich nun mitleidig an und lässt mich auf seinen Schoß kommen.

»Du musst ein Mann von Welt werden ... ansonsten, ab in Richtung Bahnhof und ...«

Er hört auf zu pfeifen und fährt mit beiden Händen durch die Luft, so wie es die Schuhputzer tun.

»Geh, üb noch ein bisschen«, Großvater streichelt mich und weint mir die Haare voll.

Ich weine in Jackys Fell ...

*

Dein Großvater trinkt wie ein *Smuk*, das sagen die einen, die anderen, er trinkt wie ein Russe. Die Mutter belehrt uns, Smuk ist eine kleine Schlange. Das ist gut, denke ich, denn ich hatte geglaubt, ein

Smuk sei eine Art Russe. Das wäre gefährlich gewesen für Großvater. Und es ist gut, dass er klein ist. So kann er nicht mehr als zwei Deziliter trinken. Denn wenn sich so ein Smuk betrinkt, dann kann er, genauso wie Großvater, nicht mehr auf zwei Beinen stehen. Deshalb hat die Schlange erst gar keine Beine!

Die Mutter sagt, dass sich die Schlange Smuk schlängelnd fortbewegt, links-rechts, links-rechts, ich weiß, warum. Sie ist betrunken. Genauso nämlich geht Großvater. Erst gradaus, dann quer. So auf schräg.

Armer Großvater. Wahrscheinlich hat er sein ganzes Leben bedauert, keine Schlange zu sein. Klar, würde er sich betrinken, könnte er einfach nach Hause kriechen. Wie ein Mann ...

*

Wenn sich der Großvater in der Kafana *Zu den drei Akazien* betrank, brachten sie zuerst den Hut nach Hause, dann den Stock und schließlich die Violine ...

Zum Schluss brachten sie Großvater.

Als Großvater in derselben Kafana starb, kamen zum ersten Mal alle gemeinsam an.

Der Hut, der Stab, die Violine – und Großvater.

DAS LESEN

Lies nicht so viele Bücher. Ich kann nicht lesen und nicht schreiben, doch was geht mir schon ab, mein Lieber. Wem immer ich in die Augen sehe, er ist für mich ein gelesenes Buch. Und nun sag du, wer der Analphabet ist. Manch einer kann lesen, soviel er will, am Ende fährt er doch dumm in die Grube. Blind auf beiden Augen. Wenn du siehst, dass jemand eine schwarze Brille trägt, halt dich auf einen Kilometer Entfernung. Du musst wissen, er lügt. Sowie er die Augen versteckt, hat er etwas zu verbergen. Sie haben mich aufgefordert, in die Schule für Analphabeten zu gehen. Ich bin nicht hingegangen. Ich hätte so viel lernen können, dass ich für einen Advokaten getaugt hätte. Ich wollte aber nicht. Wozu auch. Wir schreiben keine Bücher. Bei uns werden die alten Geschichten von Generation zu Generation weitergegeben. Deshalb tragen wir zerrissene Hosen ...

Im Volk sagt man nicht umsonst, wer viel liest, muss viel leiden.

Lass die Bücher, deine Großmutter bittet dich darum, du verdirbst dir noch die Augen.

Rein blind kann man werden vom vielen Lesen. Meinst du, morgen sagt dir jemand danke, weil du soviel liest?

Pustekuchen!

Hörst du überhaupt zu, was ich dir sage?

RR-NIŠ

Wir haben ein altertümliches Radio im Haus. RR-Niš. Mit Glühröhren.

Es steht unter der Ikone des heiligen Georg. Eine Haus-Gottheit. Und ein Fenster zur Welt, das vom frühen Morgen an offen steht. Eine Zauberkiste, mit der man die Erdkugel umrunden kann.

Nachts schalten wir ein, warten, bis es warm wird und das grüne Lämpchen angeht. Uns ferne und unbekannte Räume werden nah, mit ihrem Klang und ihren Stimmen, die sich mischen. Amerika und England. Mireille Mathieu hüstelt ihr »r«, im nächsten Augenblick übertönt von einem orientalisch näselnden Singsang.

Die arabische Sprache hat mich immer an das Schlucken von Sand und Kamelhaar erinnert. Schließlich aber verliert sich alles beim Rasseln und Pfeifen des Windes in der Ferne, und alle Lieder und Sprachen der Welt vermischen sich, während wir, betäubt von dem Wunder und getragen vom Orchester der menschlichen Worte und Klänge, schläfrig werden ...

Sonntag. Fußball. Direktübertragung ...

Ich teile den Teppich in zwei Hälften auf. Der *Stern* ist hier, auf meiner Seite. Džaja stürmt an der Chiffonniere vorbei und schiebt dem Stuhl den Ball durch die Beine. Er zielt auf den Kopf von Lazarević … der Ball trifft die Vase auf dem Tisch …

Ich fange mir eine Ohrfeige ein. Das Publikum pfeift!

Bevor ich in die Schule gehe, esse ich. Um dieselbe Zeit gibt es im Radio den Wasserstandsbericht: Gavarit Bjelgrad … Immer wenn mich diese Sendung überrascht, werde ich hungrig, ein Reflex. Wir stellen das Radio ins Fenster, dem Hof zugekehrt. Es spricht der Marschall!

Großvater, wichtigtuerisch, pafft, dicke Rauchwolken, er nickt bestätigend.

Wir sind eine herrschaftliche Familie. Unser Haus besitzt ein Radio.

FISCHFANG

Durch die Ivangasse schlängelt sich ein kleiner Kanal direkt am Bretterzaun entlang.

Pass auf, dass du nicht in den Graben fällst, mein Sohn, Großmutter bittet dich darum!

Ach, Großmutter, ich bin doch schon reingefallen.

Na, wenn schon, mein Kerlchen, Gott sei Dank ...

Der Kanal ist voller Seifenschaum, Schmutz und dunkelgrünen Blasen. Im Sommer plantschen wir in den Pfützen, barfuß. Während der Regenzeit um den Georgstag schwillt er zu einem geschwind fließenden Wildbach an, dann lassen wir Papierschiffchen und leere Sardinenbüchsen darauf fahren. Jubelnd laufen wir ihnen hinterher, bis zum Bunker, wo sie der Wirbel der städtischen Kanalisation verschluckt.

Von der Straße bis zum Tor, vom Bordstein bis zur gewellten, von Farn und Unkraut überwachsenen Anschwemmung nichts als steinerne Brückchen, mit dicken Rundhölzern tief verankert im Erdreich des Kanalufers.

An Sommernachmittagen fische ich. Ich schlinge einen Bindfaden um einen Pflock. Am einen Ende befestige ich einen Nagel, am anderen mit einer Schlinge den Korken. Das ist mein Schwimmer.

Ich versenke mein Gerät in die stinkende Pfütze, die von der Hitze ausgetrocknet ist, und warte. Mein Stöckchen halte ich fest in der Hand. Die Finger beginnen zu prickeln. Das nicht auszuhaltende Gefühl, in jedem Moment könne sich etwas an meinem selbstgebastelten Gerät festbeißen, bewirkt, dass meine Hand bereits das Gewicht und das Zucken der Beute verspürt!

Ich starre, ich atme schwer. Das Blut hämmert in den Schläfen. Und nichts. Immer und immer wieder – nichts.

Ich wurde größer und ich wechselte den Geruch.

Miško führte mich an die Morava. Ich lernte, wie man fischt.

Dieser Fluss ist voller Fische.

Aber nie wieder werde ich so stark und unschuldig, ja fast blind, an das Unmögliche glauben.

Die Kinder aus der Nachbarschaft spielen auf unserem Hof.

Sie jagen einander hinterher, bespritzen sich mit Wasser aus der Pumpe, trampeln auf die Blumen und klettern auf die Aprikosenbäume. Meine Mutter erscheint auf der Türschwelle und sagt mit eisiger Stimme:

Wie ist es, Miško, mein Sohn! Hast du dich schon bei deiner Mutter gemeldet, mein Guter?!

Miško sucht seine sieben Sachen zusammen und verschwindet zum Tor hinaus. Wie auf ein Zeichen hin stürzt, was Beine hat, hinter ihm her. Alle zerstreuen sich wie die seidigen Fallschirme des Löwenzahns, wenn du anfängst zu pusten.

Hinter ihnen bleiben Sandalen und Pantoffeln im Gras zurück …

Die Mutter auf der Türschwelle wischt in aller Sanftmut den Teller blank und spricht wie für sich selbst:

Ich meine ja nur … damit die Frau sich … keine Sorgen macht …

*

Meine Mutter versteht es, mit dem Besen mitten in eine Partie Tablanet hineinzuplatzen, nur um ein paar unbenutzte Aschenbecher zu säubern und sie etwas geräuschvoll wieder auf den Tisch zu stellen.

Winters, bei eisiger Kälte, öffnet sie die Fenster, wenn im Haus zu viel geraucht wird.

Wenn ihr die Gäste nicht passen, veranstaltet sie in der Küche mit den Türen von Herd und Kühlschrank ein Konzert.

Wenn am Georgstag die Gäste zu lange ausharren, bringt sie es fertig, über den Köpfen der Geladenen das Bettzeug ins andere Zimmer zu transportieren:

»Keine Aufregung, Gevatterin, bleibt sitzen, ich will nur den Kindern das Lager richten ... und ihr zwei da, was steht ihr rum, marsch, ausziehen und ab ins Bad!«

Meine Schwester und ich sehen uns verwundert an. Wir wissen, dass heute nicht Samstag ist.

Und gebadet haben wir gerade erst.

Vor der Slava.

DIE SAMEN DER AKAZIE

Wir sonnen unsere Bäuche auf dem Bunker und schlenkern mit den Beinen.

Unsere Bäuche sind noch weißer als unsere Gesichter. Wahrscheinlich vor Hunger. Wir machen eine Wette, wer stärker ist, strecken einander die Zunge heraus und boxen uns in die Rippen. Ich bin der Schwächste, aber ich habe als Einziger ein Stück Brot mit Kajmak in der Hand.

»Gib mir ein wenig ab!« – »Nein, gib mir!«

Ich gebe jedem etwas, mir bleibt nichts.

Macht nichts, ich bin gar nicht hungrig, meine Stimme klingt wie vor dem Weinen, sie verrät mich.

Slavko schwingt sich auf die Akazie, hängt mit dem Kopf nach unten. Er bringt mir eine Handvoll brauner, flacher Schoten. Ganz aufgekratzt hat er sich an den Dornen. Nun öffnet er die Schoten und holt den Samen heraus.

»Versuch mal, Akaziensamen«, dann leckt er sich die grünliche Masse vom Finger.

Nun versucht jeder. Süß und bitter. Es schmeckt.

Das nächste Mal werde ich zwei Butterbrote mitbringen.

Eines für Slavko.

*

Den Mund mit Maulbeermus verschmiert spielen wir Cowboy und Indianer. Alle sind Indianer. Niemand will Cowboy sein.

Wir wissen nicht, wie sich ein Cowboy ausdrückt.

»Und du? Warum sprecht ihr nicht Zigeunersprache, du und deine Schwester?«

»Meine Mutter will das nicht.«

»Deine Mutter ist Zigeunerin!« – »Du wirst nicht mehr mit uns spielen!«

»Ich habe einen Fußball und ein Fahrrad.«

»Los, verdufte, du bist ein Gadscho.«

»Frag ihn was in Zigeunersprache«, versucht Slavko mich zu verteidigen.

»Soćere? – Kanči« (Was machst du? – Nichts.)

Das war alles, was ich wusste.

»Gut, dann geh und hol deinen Fußball!«

»Und das Fahrrad!«

DER TANZ DER TOTEN HENNE

»Heute wirst du das Huhn schlachten.«

Mit diesen Worten empfängt mich die Mutter, als ich aus der Schule komme.

»Nein!«

»Was hast du gesagt?«

»Warum ausgerechnet ich?«

»Nimm das Messer, ich will nichts mehr von dir sehen, bis du gemacht hast, was ich dir sage!«

Ich greife mir die Henne. Angst befällt mich, ein Schwindelgefühl und Übelkeit in der Magengegend. Ich klemme die Flügel unter den einen, die Krallen unter den anderen Schuh. Dann ziehe ich ihr den Hals lang und kneife die Augen zusammen. Die Henne verdreht den Blick ihrer unwirklichen Hühneraugen, als wollte sie dem Übel zuvorkommen, das sie erwartet.

Der erste Schnitt. Das Vordringen der Schneide. Das stumpfe Genießen und der Widerstand des Halses. Die quälende Erinnerung der Hand. Dann Erbeben und Beruhigung. Völlige Hingabe.

Im Gras der Hühnerkopf. Der aufgesperrte Schnabel gähnt ein letztes stummes Gebet.

Angeekelt werfe ich das Messer weg. Der kopflose Rumpf springt umher und schlägt immer wieder auf. Ich renne aus dem Hof. Das Tor lasse ich auf.

Das geschlachtete Huhn tanzt durch den Garten. Federn fliegen in der Luft und die weißen Blütenblätter der Kamille.

ARZNEIEN

Gleich nach dem Mittagessen wenden sich die Hausbewohner dem geflochtenen Korb zu, der mit den verschiedensten Pillen bis an den Rand gefüllt ist. Sie verteilen sie untereinander: Nimm die, sie hilft. Man berät, welche Arznei die beste ist. Für das Geschwür und für das Rheuma, zur Beruhigung und zum Einschlafen und gegen Verstopfung.

Obendrein verfügen Vater und Mutter noch über eine volle Schublade mit Arzneien. Auf dem Nachtschränkchen liegen ein Spray zum Inhalieren, ein Tee gegen Asthma, Tabletten für Blutdruck und Prostata und Kaiser Natron.

Es gibt alles, Behälter voll mit Tabletten, Glasfläschchen mit Tinkturen für das Ekzem, ein kombiniertes Pulver und Malvensirup.

Großmutter erkannte ihre »Kapsule« an der Farbe.

Die Tante hatte all diese Tabletten und Krankheiten zusammen.

Nur der Großvater, er nahm überhaupt keine Tabletten. Er trank jeden Tag seinen Rakija, rauchte vier Schachteln Marke Drava und war von allen der gesündeste.

Meine Aufgabe war es, ihnen der Reihe nach die Rezepte vorzulesen und hervorzustreichen, für was die Arznei gut und für was sie schädlich sein konnte. Wer immer mir zuhörte, unterbrach mich und sagte:

»Genau, genau, das spür' ich auch …«

*

Großmutter erkläre ich alles langsam und sorgfältig. Sie ist Analphabetin, wie Großvater auch, der das aber nicht zugibt und noch dazu taub ist.

Ich lege zwei rote und drei blaue auf den Tisch.

»Diese großen roten, zweimal täglich vor dem Essen. Die kleinen blauen, dreimal nach dem Essen … alles klar?«

»Ja, mein Sohn, deine Großmutter küsst dich, und diese roten, wie viele davon hattest du noch gesagt?«

Und alles wieder von vorne.

Mitten in der Nacht ein leises Klopfen.

Vater springt im Schlafanzug ans Fenster, schiebt den Vorhang zur Seite und hält die Hand vor die Augen.

Großvater.

»Kannst du nicht meinen Enkel fragen, von den blauen … wie viele hat er gesagt!?«

DIE LUNGE

Man sagt, dass alle Zigeunermusiker lungenkrank werden, dass sie Asthma haben und Atemnot. Deshalb ist die Zigeunermusik so traurig und immer nur in Moll …

Dann wird die Luft rund um sie krank, sie steht und ist schwer und so betäubend, dass Schmetterlinge sterben und Vögel vom Himmel wehen und das Atmen zum Schluchzen wird!

Deshalb singen Zigeuner lieber, als dass sie atmen …

*

Nach jedem Atemzug stöhnt der Vater, atmet und stöhnt.

Bittet Gott, seine Seele zu sich zu nehmen, und verflucht seine tauben Ohren.

Die Augen aufgerissen öffnet er den Mund wie ein Fisch auf dem Trockenen.

Quält sich, den unreifen Schleim aus den Tiefen der Lunge zu husten. Und hustet so stundenlang ins Leere.

Er kann nicht mehr spielen, er hat keine Luft für sich selbst und erst recht nicht fürs Saxophon.

Nach seinem Tod hallt noch lange in den Nächten sein Husten durchs Haus. Tiefsitzend, trocken und unausgespien.

Meine Schwester und ich, unter der Bettdecke, machen dem Vater Mut.

Verschlafen und verweint husten wir mit ihm in uns hinein …

Wenn sie den Sarg öffnen, wirst du ihm die Uhr anlegen und den Geldbeutel in die Innentasche des Sakkos stecken!

Was soll ihm die Uhr?

Ich hab' dich nichts gefragt, tu, was man dir sagt!

Lieber Gott, wenn sie den Sarg öffnen und ich sehe meinen Vater, tot, gib mir die Kraft, dass ich ohnmächtig werde.

Gelb wie Wachs ist er. Um Schädel und Unterkiefer haben sie ein weißes Tuch gebunden. Auf dem Bauch seine gefalteten, schönen langen Finger. Ich zittere und weine von innen heraus. Mir klappern die Zähne, während ich ihm die Uhr umbinde. Ich mache mir Mut. Das ist nicht mein Vater. Das ist sein Anzug. Den hat Gott ihm zu Lebzeiten gegeben. Sie bringen das Saxophon auf einem roten Seidenkissen. Legen es ihm an die Lippen.

Spiel, Dragiša, spiel!, schreit eine weibliche Stimme aus der Menschenmenge.

Viele schluchzen. Ein Wehgeschrei erhebt sich. Man hört Trommelwirbel, gegen die Brust geschlagen.

Unhörbar berühren Vaters blaue Lippen das Mundstück ein letztes Mal.

Die Schwester streicht ihm sanft übers Gesicht.

Dabei öffnet sich das eine Auge. Ein Aufschrei. Auch die Popen weichen zurück. Meine Schwester und ich, wir sehen uns an.

Aus diesem geöffneten Auge läuft das erloschene Gesicht hinab eine dicke Träne. Ihre feuchte Spur erglänzt an der Sonne.

»Es muss Schweiß gewesen sein.«

»Red keinen Unsinn, Frau, sag, hast du schon einen Toten schwitzen sehen?«

»Ist es nicht vielleicht doch von dem Desodorant, mit dem ihr ihn begossen habt?«

»Eine Träne, Leute, ich verbürge mich dafür, dass es eine Träne war. Sollen es doch die sagen, die in der Nähe des Sargs gestanden haben.«

»Er wollte seine Tochter sehen!«

»Er war schon tot und hat noch geweint ...«

»Gott hat ihm ein letztes Mal die Augen geöffnet, um sie zu sehen ...«

»Ich muss euch darauf aufmerksam machen«, wehrte sich die Mutter, »solche Altweibergeschichten dulde ich nicht in diesem Haus«.

»Welches Auge hat sich denn geöffnet«, wollte Milorad Trakalo wissen.

»Das rechte.«

»Das verheißt nichts Gutes.«

»Bis das Trauerjahr um ist, werden ihm noch zwei weitere Häupter folgen.«

*

Die Mutter führt das Ausgabenbuch für die Beerdigung. Sie hat die Brille aufgesetzt.

»Wie oft ist deine Tante in Ohnmacht gefallen?«, sie hebt den Kopf.

»Keine Ahnung, Mütterchen, ich glaube, zweimal.«

»Zwei mal?!«

»War ihr einmal zu wenig?«

Sie stößt ihren Mann mit dem Ellenbogen an, »Halt mich fest, gleich fall' ich in Ohnmacht.«

»Na gut, wir werden uns in vierzig Tagen wiedersehen.«

»Ich will nicht Smilja heißen, wenn ich nicht mindestens zehn Mal in Ohnmacht falle ...«

*

Ich bin krank. Fieber schüttelt mich.

Durchs geöffnete Fenster spioniere ich, wie sich des Nachts die Knospen öffnen.

Wieder und wieder überrascht uns am Morgen der Garten mit seiner Blütenpracht.

Nicht länger, denn ich habe das Geheimnis dieser Blütenpracht gesehen, das Sich-Entfalten von Flieder und Rosen.

Die Sterne, als ob sie auf die Baumkronen gefallen wären, zum Greifen nahe.

Fieber weckt mich. Ich starre stundenlang auf die Regenflecken an der Zimmerdecke.

Jede einzelne dieser bräunlichen Wolken verändert sich. Sie spricht durch die Form.

Am Himmel schwebt sommers eine Herde schwarzer Lämmer; sie zerfließt in den Kopf eines Riesen, in ein Ungeheuer, einen Stiefel ...

Regen fällt ins Zimmer. Er tropft in Waschschüsseln und Töpfe.

Vom Boden oder vom Schuppen her höre ich ein Blöken. Ich verstehe dieses Lied!

So viele von uns
sind geschlachtet,
dass Leiden Sinn hat ...

Ich schreibe diese Zeilen in ein Heft, das ich unter dem Kopfkissen versteckt halte.

Die Schwester umschleicht mich und lächelt rätselhaft.

Wenn ich schlafe, nimmt sie mein Heft und liest.

Das ist nicht anständig von ihr! Ich könnte weinen.

Mutter sagt, ich soll mich untersuchen lassen.

Der Junge bleibt vor den aufgeschichteten Holzscheiten stehen. Seine Finger berühren die Schnittflächen. Still verströmt das frisch gespaltene Holz seinen Duft. Es lockt und es schmeichelt. Dieser Duft, der ihn ausfüllt, weckt irgendwelche unklaren Gefühle, die ihn plötzlich umherspringen lassen.

Auch auf seine Hand sieht er, als sähe er sie zum ersten Mal. Er nimmt eine Hand voll Späne und hält sie sich unter die Nase, dann schnuppert und leckt er an ihnen.

Ergeben nähert sich ein Lamm, er umarmt es. Verharrt und hält die Augen geschlossen, die des Lammes erinnernd. Sie gleichen den seinen: Zigeuneraugen. Groß und traurig. Das Lamm sieht ihn an wie ein von Wolle umwachsener Mensch. Der Junge greift eine Hand voll gemahlener Späne. Gemächlich, die raue Zunge herausstreckend, leckt das Tier seine Hand. Beide zeigen ein breites Lachen.

Nun zieht der Junge die Hand zurück, wischt die Feuchtigkeit und das Kitzeln aus der Kleidung ...

Sag, Schäfchen, warum sind deine Augen so feucht?

Auch du, scheint mir, musst zum Arzt gehen!

*

Das Lämmchen tut mir Leid, und dennoch, es schmeckt mir.

Leid tut mir auch die Henne. Von ihr esse ich die Schenkel, das weiße Fleisch.

Ich bin stärker als sie, und trotzdem tut es mir Leid.

Und so denke ich, dass auch Gott stärker ist als ich, doch ihm tut es sicherlich ebenso Leid, wenn eines Tages der Tod kommt, um mich zu essen.

Wenn ich das denke, ist es leichter, lebendig zu sein.

Du kannst mich anspucken, wenn dieses Kind nicht hellsichtig ist. Mit vier Jahren hat er eine schwere Lungenentzündung überstanden und ist mit Müh und Not davongekommen. Er ist gern allein und liest viel. Alles Unglück hat er vorausgesehen, das uns ereilt hat, er hat das Zugunglück in Stalać geträumt und das Erdbeben in Skoplje 1963.

Blass ist er und kränklich. Er hat einen unruhigen Schlaf. Mutters Sorgenkind.

Gelang ihm nicht zu tun, was er sich vorgenommen hatte, schlug er sich an den Kopf. Kaum ein Jahr alt, strafte er sich selbst und zog sich Zorn zu. Am Georgstag litt er mit jedem Lamm.

Sowie er laufen gelernt hatte, sind wir mit ihm spazieren gegangen, den Fluss entlang. Voller Freude entfernte er sich und ließ uns zurück, ohne sich um unser Drohen und Rufen zu kümmern. Es trieb ihn irgendwohin mit seinen ersten unsicheren Schritten. Hätten wir ihn zufällig sich selbst überlassen, er wäre, da bin ich sicher, immer weitergegangen.

Er wäre durch Mauern gegangen, die sich ihm in den Weg stellten, und er hätte Flüsse überquert, getragen von einem Schwarm Fische, die sich feierlich und demütig dort einfanden, wohin seine kleinen Füße ihn trugen …

DER VATER

Unser Sohn schläft. Für einen Augenblick scheint es, als rufe er mich. Aber er ist ruhig, er träumt und bewegt die Lippen. Als kaue er den Geschmack der Träume. Nicht nur einmal haben wir Steine in seinem Bett gefunden. Er verstand sich darauf, mit einem Kiesel in der linken Hand einzuschlafen. Trakalo sagt, dass man auf diese Weise langsamer altert.

Vor ihm durfte man nicht falsch pfeifen. Bei jedem schrägen Klang runzelte er die Stirn. Als täte er ihm weh.

Wenn wir allein blieben, hatte ich manchmal Angst, ihm länger in die Augen zu sehen. Er sah mich an, als wollte er meine Seele entkleiden; so als könnte er jeden Augenblick mit fremder Stimme etwas Uraltes und Gefährliches sagen, wovon das Herz aufhören würde zu schlagen.

In seinem Tagebuch fand die Mutter geschrieben:

Wenn ich groß bin, will ich ein Doktor werden und einen Impfstoff erfinden. Für den Vater und für die Mutter, damit sie mir nie, nie wegsterben …

FOTOGRAFIE

Wann immer ich die Fotografien aus der Kindheit betrachte, empfinde ich ein herbe Mischung aus Traurigkeit und Nostalgie.

Ich sehe diesen Jungen nicht als mich selbst, sondern als jemand anderen. Er ist jemand, der mir Leid tut, weil er nicht mehr existiert!

Die Fotografie, ein Augenblick, das Augenzwinkern der Kamera, und die Gestalt ist auf Dauer herausgerissen aus einem erschreckenden Prozess, den man als Dauer in der Zeit betrachtet.

Ich sehe zwei verstörte Gestalten. Sie fürchten sich vor dem gespenstischen altertümlichen Apparat, den sie mit weit aufgerissenen Augen ansehen, dabei klammern sie sich an ihre Spielsachen. Sie versuchen, weil es ihnen aufgegeben ist, ein Lächeln zu produzieren. Sie tun mir bitter Leid. Ich bedaure ihren unterwürfigen Glauben an die Welt der Erwachsenen, der sie wer weiß wohin treibt, der ihnen etwas einflüstert und sie dressiert.

Der Junge, der damals in die Kamera sah, sieht mir heute mit demselben Blick direkt in die Augen, er treibt mich dazu, den Kopf abzuwenden und –

mit Wehmut nicht zu akzeptieren, dass ich dies selbst war, dieser Miniatur-Mensch, frisch fürs Leben gerüstet …

Gesättigt mit einer Mischung aus Zeit und Erfahrung, mit einem schwer gewordenen Körper und ausgewachsenen Gliedmaßen, lehne ich es ab zu glauben, dass ich jemals irgendwo in einer so unschuldigen Ausgabe existiert habe, ebenso wie ich ablehne, vollständig verschwunden zu sein seit jenem Augenblick, da mich vergeblich mein aufrichtiger, kindlicher Blick beschwor …

GUTE NACHT, VATER UND MUTTER

Statt eines Nachworts

Um meine eigentliche Kindheit zu erzählen, die der einzige Inhalt meines Ranzens ist, den ich noch heute mit mir herumtrage, müsste ich die ersten zwölf Jahre meines Lebens überspringen; ich verbrachte sie in Hotels in Slavenski Brod, Derventa, Užica, Pula, Vrnjačka Banja und unzähligen Städten außerhalb Jugoslawiens. Das verdankte ich dem Beruf meiner Eltern, die als Musiker in Hotels arbeiteten. Genauer gesagt, mein Vater spielte Saxophon, und meine Mutter sang. Zwischen den fünfziger und siebziger Jahren gab es im kommunistischen Jugoslawien Titos Hotels mit Orchester und kreisrunden Podien, auf denen man Lambethwalk, Foxtrott, Twist, Bossa Nova und Tango tanzte, je nach Diktat der Saison. Die Musik, die ansonsten geboten wurde, war eher traditionell. Eine Stunde Musik zum Animieren, das bedeutete langsame Walzer zum Aufwärmen oder Themen aus der modernen Filmmusik; und natürlich spielte man auch populäre Melodien aus Mexiko, Spanien, Italien, Frankreich und Jugoslawien. Jazz dagegen war als reaktionäre Musik des Bourgeois verpönt.

Meine Schwester und ich waren das Handgepäck der Eltern. Unser Leben spielte sich in den Zweibettzimmern von Hotels ab, wir schliefen jeweils zu zweit, ich mit dem Vater, sie mit der Mutter. Die öden Nachmittage, an denen sie vor dem nächtlichen Auftritt unbedingt ein Schläfchen halten mussten, lasse ich aus. Bevor sie um neunzehn Uhr gemeinsam zur Arbeit gingen – unsere Verabschiedung; nach vorangehendem Streit stutzte sich Vater seinen Clark-Gable-Bart, Mama toupierte das Haar, zog mit einem Crayon die Augenbrauen nach, schminkte ihre Lippen grellrot und bügelte die Abendtoilette. Während die Düfte der Parfums Schwarze Katze und Gemähtes Heu noch in der Luft hingen, mussten wir ihnen, schon an der Tür, der Vater im Smoking, das Futteral mit dem Saxophon in der Hand, die Mutter einen Packen Lieder unter dem Arm, wie allabendlich, die Hand küssen, unter dem rituellen Hersagen des Mantras »Gute Nacht, lieber Vater, liebe Mutter, und Glück bei der Arbeit, damit viel Geld ins Haus kommt.«

Unsere kindlichen Phantasien übergehe ich: die Spielereien mit dem Radio, mit Schuhkartons, Zitronen und dem Nachtprogramm des Festivals von San Remo, die meine Schwester und ich für einander inszenierten, damit uns in unserem Zimmer, das muffig nach Bohnerwachs und Einsamkeit roch, nicht Angst und Langeweile überkamen.

Es war üblich, dass jeder von uns in der Klasse, wenn ihn die Lehrerin aufrief, etwas über sich selbst sagte. Auf die Frage »Was sind deine Eltern von Beruf?« sagte ich immer »Musiker« und fühlte augenblicklich, wie meine Ohren vor Scham und Schande brannten, denn die ganze Klasse ließ ein Seufzen hören, alle starrten mich an. Schon bei der nächsten Frage, wo ich wohne, fing ich an zu weinen und sagte: »Im Hotel.« Worauf sich das Seufzen und Anstarren verdoppelte.

Meine eigentliche Kindheit begann in Čačak, einer kleinen Stadt in Westserbien, im Ivanjički sokak, wie die Straße *Knez Miloš* im Zigeunerviertel hieß, in der sich das Haus meiner Vorfahren befand.

Bis dahin war es in der Zeit der Ferien oder während der Freizeit der Eltern ein kostbarer Quell der Wunder gewesen, damals, als man noch mit den gemächlichen Dampfzügen Ćire fuhr, aus denen man jederzeit getrost aussteigen konnte, um Blumen zu pflücken, ehe man endlich den schmutzigen Bahnhof erreichte, um sich in einen der Fiaker zu schwingen, die das waren, was heute Taxis sind. Wenn der Kutscher die Koffer verstaut und uns in Decken gewickelt hatte, die stets nach Urin stanken, schnalzte er mit der Zunge und schwang die Peitsche. Das Hufgeklapper und gelegentliche Pferdeäpfelgeklacker waren für mich und meine Schwester der Auftakt zum Abenteuer des Lebens, zur Freiheit in Hof und Nachbarschaft, zum Duft des Strudels, den Großmutter auf dem

Blech schon zum Abkühlen unter den Herd gestellt hatte.

Seit 1968 lebten wir in Großvaters riesigem hundertjährigen Haus, das erst eine Schule, dann ein Bordell und schließlich eine Kneipe gewesen war, denn unsere Eltern hatten beschlossen, ihre Kinder, die ständig die Schule und die Freunde hatten wechseln müssen, nicht länger leiden zu lassen. Endlich sollten sie an einem Ort zur Ruhe kommen und dort die achte Klasse beenden.

Von da an bewohnten wir riesige Zimmer mit Teppichen an den Wänden. Über einem Bett mit Metallsprungfedern und einem Messinggitter am Kopfende, an dessen Enden mit roter Wolle überzogene Kugeln gegen den bösen Zauber prangten, hingen eine große Ikone mit dem Heiligen Georg und Engelbilder. Wir deckten uns mit gewaltigen Federbetten zu, die mich nachts fast erstickten und morbide Träume hervorriefen, in denen ich entweder flog oder, wenn eine Krankheit im Anzug war, die ganze Nacht über von der dunklen Silhouette der *Čuma* gejagt wurde (eine negative Kraft, die Bezeichnung stammt wahrscheinlich von einer Seuche, daher die Wendung: Sie sammelt Kinder wie die Čuma).

Auf dem Hof des großväterlichen Erbes entdeckte ich meine Begeisterung für den Duft von Flieder, Rosen, Nelken und der Iris, meine Freude am Bäumeklettern, das Spielen auf dem Rasen, die Laute aus der Nachbarschaft, den Klang der

Schmiedehämmer, das Spiel von Harmonika, Violine und Kontrabass, das Streiten, die Flüche, oder wie die Kinder sich oder die Hunde beim Namen riefen. Und meine Schwester und ich besaßen zum ersten Mal Tiere, ein Huhn, das wir *Gorka*, und einen Hund, den wir *Jacky* nannten, denn diese missgestalteten Vierbeiner und Mischlinge, zwergenhaft und scharf, hießen im Zigeunerviertel allesamt Jacky. Rief jemand *Jacky*, lief nur der Hund herbei, der die Stimme seines Herrn erkannte. Irrtümer gab es nicht. Wir hatten auch eine Katze, wir nannten sie *Nikolić*. Nur selten gab es Hunde, die das Privileg genossen, Jonny zu heißen.

Wir hatten das Pech, gegenüber dem Busdepot zu wohnen, zu einer Zeit, als Autos noch eine Seltenheit waren. Es war ein Unglück, wenn unsere unvorsichtigen Lieblinge, Katzen wie Hunde, unter die Räder der Busse gerieten, die ständig beim Depot ein- und ausfuhren. Unsere Trauer um jeden Hund, jede Katze kann man nicht beschreiben. Meine Schwester und ich begruben alle unsere Lieblinge im Hof und stellten jedem ein Kreuz aufs Grab. Wie viele Tränen wir vergossen haben, weiß Gott allein. Vielleicht sollte ich noch sagen, dass meine Schwester für die Tiere eine Zauberin war. Wir hatten nämlich einen verrückten Hahn, der Briefträger und Gäste angriff. Als er aber einmal die Mutter anfiel, endete er im Kochtopf. Wahr ist, dass nur die Hand meiner Schwester all diese gefährlichen Böcke, Köter und Hähne besänftigen konnte.

Vor ihr wichen sie zurück, oder sie näherten sich sanftmütig.

Zwei Welten waren dort verflochten, die eine bestand aus Stadt und Schule, sie teilte uns mit, dass wir »Zigeuner« waren, die andere war das Zigeunerviertel, das uns ablehnte, weil wir Gadže waren, weil unsere Mutter eine Gadžovanka war, eine weiße Frau, keine Romni. Deshalb mussten wir uns in der einen wie in der anderen Welt lieb Kind machen.

Damals erfuhr ich, dass meine Großmutter Zigeunerin war, sie putzte in den reichen Offiziershäusern, wofür sie alte, abgetragene Kleidung erhielt, die sie zu Hause wusch, flickte und bügelte und dann auf den Märkten für wenig Geld verkaufte. Ich erinnere mich, dass sie bei der Heimkehr mir und der Schwester ein paar Münzen (die Hälfte der damaligen Hundert-Dinar-Scheine, die wir in unsere Gipssparkassen warfen) auf das Fensterbrett legte. Sie war in der Umgebung als Wahrsagerin bekannt, eine Frau, die ihren Mann plagte, eine zänkische Person und Klatschbase. Diese garstige Hexe war meine zärtlichste Hüterin, sie liebte mich und rief mich immer nur leise, damit es die Mutter nicht hörte, denn sie lebten in Zwietracht; sie knackte meine Läuse bei einem Wiegenlied, bei dem ich unter dem Knacken ihrer Fingernägel auf meinem Kopf augenblicklich einschlief. Sie ermahnte mich ständig: »Geh nur nicht in die Häuser der Schmiede, die haben alle Tuberkulose, trink nicht aus ihren

Gläsern, lass dich nicht von jedem küssen, oder du musst dir sofort Mund und Wangen reinigen ...« Ich sollte nachts nicht unter einem gepfropften Baum stehen, es gebe böse Däumlinge dort, und auch keinen Abfall hinaustragen, selbst dann nicht, wenn es die gestrenge Mutter befahl, vor allem aber sollte ich mich vor den Todesanzeigen hüten, die man mit Reißzwecken an Zäune heftete, rund um unser Haus und in der ganzen Straße, ja in der ganzen Stadt.

Damals erfuhr ich auch, dass mein Großvater Alkoholiker war, er war eines von den sieben Kindern des *Džambaš*, des Pferdekenners, von Urgroßvater Jose, dem Pferdezüchter und Pferdehalter, einem der reichsten Männer in der Stadt, der zwei Pistolen am Gürtel trug. Daher nannte man unsere Familie nach dem Vater die *Josovci*, dieser Beiname war besonders angesehen. Einmal sagte ich zum Vater: »Großvater war gestern betrunken.« »Woher weißt du das?«, fragte er. »Er lag neben dem Tor, und Jacky hat ihn abgeschleckt.« »Ach, mein Kind«, erwiderte er, »er war schon 1948 betrunken und ist seitdem nie mehr richtig nüchtern geworden.« Großvater Jovan, nach dem ich heiße, konnte den Unterschied zwischen einem professionellen Trinker und einem Amateur erklären: »Wer einen Doppelten bestellt – ist ein Amateur! Aber wer einen kleinen Hochprozentigen mit einer geviertelten Tomate bestellt, ist ein Kenner!« Großvater hat sein halbes Leben in der Kneipe *Zu den*

Drei Akazien verbracht. Dort ist er nach dem Tod des Vaters auch gestorben.

Wollte ich weiter von meiner Kindheit und meinen Erlebnissen erzählen, würde ein neues Buch aufgeschlagen. Ganz allgemein bevorzuge ich kurze lyrische Formen, ich überlasse dem Leser das Weiß zwischen zwei Geschichten, jene Zeitspanne, während der er umblättert, um in der Imagination Bilder aufleben zu lassen, die zwischen den Buchdeckeln keinen Platz gefunden haben ...

Gute Nacht, Vater und Mutter basiert auf einem Text, der in *Sinn und Form*, Heft 2/2006, erschienen ist.

INHALT